巴金别集 09

梦与醉

巴金

東方出版中心

图书在版编目(CIP)数据

梦与醉/巴金著. —上海：东方出版中心，2017.8
（巴金别集）
ISBN 978-7-5473-1160-8

Ⅰ.①梦… Ⅱ.①巴… Ⅲ.①散文集—中国—现代 Ⅳ.①I266

中国版本图书馆 CIP 数据核字(2017)第 179941 号

梦与醉

出版发行：东方出版中心
地　　址：上海市仙霞路 345 号
电　　话：(021)62417400
邮政编码：200336
经　　销：全国新华书店
印　　刷：上海天地海设计印刷有限公司
开　　本：787×1092 毫米 1/32
字　　数：42 千字
印　　张：3.25
版　　次：2017 年 8 月第 1 版第 1 次印刷
ISBN 978-7-5473-1160-8
定　　价：13.50 元

东方出版中心邮购部　电话：(021)52069798

目　录

序[1]

从九层楼房的窗户看下面，街道静静地睡着了，一些灯火像星子似地嵌在昏黑里。就在这同样的地方，三个月以前，我怀着兴奋和感动的心情看过那盛大的火炬游行。那雄壮的歌声就像要把浓黑的天幕突破似的。千万道亮光聚在一起像一条火龙在摆动。每个人激动地挥着手唱歌，以坚定的步伐向前走去。没有迟疑，没有畏缩。一个对于未来的信仰把这上万的人

---

① 本篇最初发表于一九三八年八月一日《见闻》第一期。发表时题为《在广州》。

连接在一起。我先前也曾在这行列旁边走过，跟着他们走了好些条街。这些人于我应该是陌生的，我还不熟习他们的方言。但是我却觉得我是在自己最熟习的亲人中间，我甚至忘记了自己与别人的界限。后来我告诉人说那时候我是极其快活的。

但是如今一切都改变了。横在下面的是死沉沉地睡去了的街市。没有歌声。没有火炬。不时在我的眼前摇晃的只是一些残肢断臂，遭难者的血和残破的房屋。我仿佛还躲在骑楼下静静地倾听轰炸机在上面寻找目标、掷弹，和低飞扫射的声音，等候一种残暴的力量来结束我的生命。这并不是幻景。我有过的经验的确很多了。我不相信我的生命是不能毁灭的。反之，我在二十天前还说过："我们的生命犹如庭园中花树间的蛛网，随时都会被暴风雨打断。"现在活着的人说不定明天就会躺在瓦砾堆里。今天早晨飞机还在市区投过弹。我不能够断定炸弹的碎片明天就不会碰到我的身上！我明夜要离开这个城市，可是我明天还要在市区内奔走一天。我办事地方的附近十天前落过一个炸弹，没有爆炸。要是明天遇到大轰炸，我们也许不会再有那样的幸运了。

然而我现在还活着。我的眼睛还能够注视，我的手还能够挥动。此刻我还可以自由处置我的时间。因此我要做完我的一些未了的事情。事情是很多的。我只能一件一件地做去。答应给书店的一本散文集，也应该在这时候整理好交出，我怕将来再没有机会做这种事情。爱惜自己的作品，在这种时候还念念不忘地想把它们整理出版，这许是“书生”的本色罢。我望着堆在手边的原稿，对自己也起了憎厌之感了。

广州静静地睡去了。我在这里住了两个半月。我爱这个地方和这里的居民。经过了三个星期的大轰炸以后，这个城市还是一样地坚定沉着，没有一种威胁能够改变它的不屈不挠的精神。

暂别了，可爱的城市，炸不断的海珠桥，血染不赤的珠江，杀不尽的倔强的人民。我在这时候离开你们，我感到留恋和惭愧。只有一个思想可以稍微安慰我：我下一个月还要回来。我希望我回来时能够在这里见到伟大的壮剧。

巴 金 1938 年 6 月 22 日在广州。

死[1]

像斯芬克司[2]的谜那样，永远摆在我眼前的是一个字——死。

想了解这个字的意义，感觉到这个字的重量，并不是最近才有的事。我如果从忙碌的生活中逃出来，躲在自己的房间里，静静地思索片刻，像一个旁观者似地回溯我的过去，便发见在一九二

① 本篇最初发表于一九三七年四月十五日《文丛》第一卷第二号。

② 希腊神话：斯芬克司是狮身女面、有双翼的怪物，常常坐在路旁岩石上，拦住行人，要他们猜一个难解的谜，猜不中的人便会给她弄死。

八年我的日记的断片中，有两段关于死的话。一段的大意是：忽然想到死，觉得死逼近了，但自己却不甘心这样年轻就死去。自己用了最大的努力跟死挣扎，后来终于把死战胜了。另一段的大意是：今天一个人在树林中散步，忽然瞥见了死，心中非常安静，觉得死也不过如此。……我那时为什么要写这样的话？当时的心情经过八九年岁月的磨洗，已经成了模糊的一片。我记得的是那时过着秋水似的平静的生活，地方是法国玛伦河畔的一个小城镇。在那里我不会看见惊心动魄的惨剧。我所指的“死”多半是幻象。

幻象有时也许比我所看见的情景更真切。我自小就见过一些人死。有的是慢慢地死去，有的死得快。但给我留下的却是同样的不曾被人回答的疑问：死究竟是什么？我常常好奇地想着我要来探求这个秘密。然而结果我仍是一无所得。没有一个死去的人能够回来告诉我死究竟是怎么一回事情。

有时我一个人关在房里，夜晚不点灯，我静

静地坐在椅子上，两只眼睛注意地望着黑暗。我什么也看不见。但是我依旧注意地望着。我也不用思想。这时死自然地来了，但也只是一刹那间的事，于是它又飘飘然走了。死并不可怕。自然死也不能引诱人。死是有点寂寞的。岂止有点寂寞，简直是十分寂寞。

我那时的确是一个不近人情的孩子（以后自然也是）。我把死看作一个奇异的所在。我一两次大胆地伸了头在那半掩着的门前一望。门里是一片漆黑。我什么东西都看不见。这探求似乎是徒然的。

有一次我和死似乎隔得很近。那是在成都发生巷战的时候。其实说巷战，还不恰当，因为另一方面的军队是在城外。城外军队用大炮攻城，炮弹大半落在我们家里，好几间房屋毁坏了，到处都是尘土，我们时时听见大炮声、屋瓦震落声与家人惊叫声。一家人散在四处，无法聚在一起，也不知道彼此的生死。我记得清楚，那是在一九二三年二月十二日（阴历），也就是所谓“花朝”

（百花生日），午前十一点钟的光景。我起初还在大厅上踱着，后来听说家里的人大半都躲到后面新花园里去了，我便跑到书房里去。教书先生在那里，不过没有学生读书。不久三哥也来了。我们都不说话，静静地听着炮声。窗外是花园，从玻璃窗望出去，玉兰花刚开放，满树满枝的白玉花朵已经引不起我们的注意。他们垂着头坐在书桌前面。我躺在床上，头靠着床背后的板壁。炮弹带着春雷似的巨响从屋顶上飞过。我想，这一次它会落到我的头上来罢。只要一瞬的功夫，我便会落在黑暗里，从此人和我隔了一个世界，留给我的将是无穷的寂寞。……这时我的确感到很大的痛苦。死并不使我害怕。可怕的是徘徊在生死之间的那种不定的情形。我后来想，倘使那时真有一个炮弹打穿屋顶，向着我的头落下来，我会叫一声“完了”，就放心地闭上了眼睛，不会有别的念头。我用了“放心地”三个字，别人也许觉得奇怪。但实际上紧张的心情突然松弛了，什么留恋、耽心、恐怖、悔恨、希望，一刹那间全都消失得干干净净，那时心中确实是空无一物。爱德华·加本特在他的一本研究爱与死的书里说："在大多数的场合中，它（指死）是和平的，安静的，还带着一种深的放心的感觉，"① 这是很有理由的。

我还见过一次简单的死。川、黔军在成都城内巷战的时候，对门公馆里的一个轿夫（或者是马弁，因为那家的主人是什么参议、顾问之类）站在我家门前的太平缸旁边，跟人谈闲话。一颗子弹落在街心，再飞起来，打进了那个人的胸膛。他轻轻叫了一声，把手抚着胸倒在地上。什么惊人的动作也没有。他完结了，这么快，这么容易。这一点也不可怕，我又想起加本特的话来了。他说死人的脸上有时还会闪着一种忘我的光辉，好像新的生命已经预先投下它的光辉来了。他甚至在战地遗尸的脸上见过这样的表情。他以为死是生命的变形内的生命的解脱。

---

① 见英国作家爱·加本特（1844—1929）的《爱与死的戏剧》。

据说加本特的研究方法是科学的，但是“死”这个谜到现在为止似乎还不曾得到一个确定的解答。我更爱下面的一种说法：死是“我”的扩大。死去同时也就是新生，那时这个“我”渗透了全宇宙和其它的一切东西。山、海、星、树都成了这个人的身体的一部分，这一个人的心灵和所有的生物的心灵接触了。这种经验是多么伟大，多么光辉，在它的面前一切小的问题和疑惑都消失了。这才是真正的和平，真正的休息。

这自然是可能的。我有时也相信这种说法。但是这种说法毕竟太美丽了。而且我不曾体验到这样的一个境界。我想到“死”的时候，从没有联想到这一个死法。我看见的是黑的门、黑的影子。倒是有一两次任何事情都不去想的时候，我躺在草地上，望着傍晚的天空和模糊的山影、树影，我觉得自己并不存在了，我与周围的一切合在一起变成了一样东西。然而这感觉很快地就消失了。要把它捉回来，简直不可能。但这和死完全没有关系，并不能证实前面的那种说法。

我忽然想起了一件事。我在前面说过没有一个死了的人能够回来告诉我关于死的事情。对于这句话我应该加以更正。我有一个朋友患伤寒症曾经死过几小时，后来被一位名医救活了。在国外的几个友人还为他开过一个追悼会。他后来对我谈起他的死，他说他那时没有一点知觉，死就等于无梦的睡眠。加本特认识一位太太，她患重病死了两三个钟头，家人正要给她举办丧事，她忽然活转来了。此后她又活了三四年。据说她对于死也没有什么清晰的感觉。但有一点她和我那位朋友不同。她是一个意志力极坚强的女人，她十分爱她的儿女，她不能舍弃他们，所以甚至在这无梦的睡眠中她还保持着她的“求生的意志”。这意志居然战胜了死，使她多活了几年。诗人常说“爱征服死”。爱的确可以征服死，这里便是一个证据。若就我那位朋友的情形来说，那却是“科学把死征服”了。

像这样的事情倒是我们常常会遇见的。然而

从死过的人的口里我们却不曾听过一句关于死的恐怖的话。许多人在垂危的病中挣扎地叫着“我不要死”，可是等到死真的来了时，他（或她）又顺服地闭了眼睛。的确这无梦的睡眠，永久的安息，是一点也不可怕的。可怕的倒是等死。而且还是周围那些活着的人使“死”成为可怕的东西。那些眼泪，那些哭声，那些悲戚的面容……使人觉得死是一个极大的灾祸。而天堂地狱等等的传说更在“死”上面罩了一个可怕的阴影。我在小孩时代就学会了怕死。别的许多人的遭遇和我的不会相差多远。

世间不知道有多少人因为怕死甘愿低头去做种种违背良心的事情。真正视死如归的勇士是不多见的。像耶稣被钉在十字架，布鲁诺上火柱①……像这样毫不踌躇地为信仰牺牲生命的，

① 不用说，这是指旧社会中说的。乔·布鲁诺是意大利伟大的思想家，因传播无神论，批评宗教和教皇的特权等等受到宗教的审判，一六〇〇年在罗马受火刑，活活地被烧死在火柱上。

古今来能有几人!

人怕死，就因为他不知道死，同时也因为不知道他自己。其实他所害怕的并不是死，我读过一部通俗小说①，写一个被百口称作懦夫的人怎样变成勇敢的壮士。这是一个临阵脱逃的军官。别人说他怕死，他自己也以为他怕死。后来为环境所迫，他才发见了自己的真面目。他并不是一个怕死的人。他怕的却是“怕死”的“怕”字。他害怕自己到了死的时候会现出怯懦的样子，所以他逃避了。后来他真正和死对面时却没有丝毫的畏惧。许多人的情形大概都和这个军官的类似。真正怕死的人恐怕也是很少很少的罢。倘使大家都能够明白这个，那么遍天下皆是勇士了。

“死”不仅是不可怕，它有时倒是值得愿望的，因为那才是真正的休息，那才是永久的和平。正如俄国政治家拉吉穴夫所说：“不能忍受

① 通俗小说：指《四羽毛》，这是一本宣扬英帝国主义“功绩”的坏书。

的生活应该用暴力来毁掉，”一些人从“死”那里得到了拯救。拉吉穴夫自己就是服毒而死的（在一八〇二年）。还有俄罗斯的女革命家，“五十人案”中的女英雄苏菲·包婷娜后来得了不治之病，知道没有恢复健康的希望了，她不愿意做一个靠朋友生活的废人，便用手枪自杀。那是一八八三年的事情。去年夏天《狱中记》[①]的作者柏克曼在法国尼斯用手枪结束了自己的生命。他患着重病，又为医生所误，两次的手术都没有用。他的目力也坏了。他不能够像残废者那样地过着日子。所以有一次在他发病的时候，他的女友出去为他请医生，躺在病床上的他却趁这个机会拿手枪打了自己。四十四年前他的枪弹不曾打死美国资本家亨利·福利克，这一次却很容易地杀死了他自己。在他留下的短短的遗书里依旧充满着爱和信仰。他这个人虽然只活了六十几岁，但他确实是知道怎样生，

① 《狱中记》：这是一个年轻人在美国监狱中十四年生活的记录。

知道怎样死的。

在这样的行为里面，我们看不见一点可怕或者可悲的地方。死好像只是一件极平常、极容易、极自然的事情。甚至在所谓“卡拉监狱的悲剧”①里，也没有令人恐怖的场面。我们且看下面的记载：

……波波何夫与加留席利二人都吞了三倍多的吗啡，很快地就失了知觉。夜里波波何夫还醒过一次。他听见加留席利喉鸣，他想把加留席利唤醒。他抱着他的朋友，在这个朋友的脸上狂吻了许久。后来他看见这个朋友不会再醒了，他又抓了一把鸦片烟吞下去，睡倒在加留席利的身边，永闭了眼睛。

① “卡拉监狱的悲剧”：这是为了给一个女囚人雪耻的同盟自杀，参加者女囚人三个（先死），男囚人十四个。事情发生于一八八九年。雷翁·独意奇的《西伯利亚的十六年》中有详细的记载。

谁会以为这是一个令人伤心断肠的悲剧呢?多么容易，多么平常（不过对于生者当然是很难堪的)。美国诗人惠特曼在美国内战的时期，曾在战地医院里服务，他一定见过许多人死，据他说在许多场合中“死”的到来是十分简单的，好像是日常生活里一件极普通的事情，“就像用你的早餐一样。”

关于“死”的事情我写了八张原稿纸，我把问题整个地想了一下，我觉得我多少懂得了一点“死”。其实我果真懂得“死”吗?我自己也没有胆量来下一个断语。我的眼光正在书堆中旅行，它忽然落到了一本日文书上面停住了。我看书脊上的字：

死之忏悔　　古田大次郎①

我不觉吃了一惊，贯串着这一本将近五百页

---

①《死之忏悔》：日本东京春秋社出版（一九二六年)。

的巨著的，不就是同样的一个“死”字么？

“死究竟是什么呢？”

那个年轻的作者反复地问道。他的态度和我的是不相同的。他不是一个作家，此外也不曾写过什么东西。其实他也不能够再写什么东西，这部书是他在死囚牢中写的日记，等原稿送到外面印成书时，作者已经死在绞刑台上了。我见过一张作者的照片，是死后照的。是安静的面貌，一点恐怖的表情也没有。不像是死，好像是无梦的睡眠。看见这照像就想到作者的话：“一切都完了。然而我心里并没有受到什么打击，很平静的。像江口君的话，既然到了那个地步，不管是苦，不管是烦闷，我只有安然等候那死的到临。”这个副词“安然”用得没有一点夸张。他的确是安然死去的。他上绞刑台的时候，怀里揣着他妹妹寄给他的一片树叶，和他生前所喜欢的一只狗和一只猫的照片。这样地怀着爱之心而死，就像一个人带着宽慰的心情静静地睡去似的。这安然的死应该说是作者的最后胜利。

然而我读了这两百多天的日记①，我想到一

① 《死之忏悔》中的日记到九月十七日为止，作者于十月十五日受绞刑。日记原稿共三十三册。作者自己说只有第三十三册才是“真正的死刑囚的狱中记”，那是判决死刑以后的日记。据古田生前的辩护律师布施辰治在序文中说，这一册日记当局不许拿出去发表。然而后来它终于被领出来而且秘密出版了。我得到一册，曾读过一遍。书名是《死刑囚的回忆》，但在一·二八的沪战中被炮弹打毁了。这一册的内容和以前的三十二册差不多，不过调子有点不同。写以前的三十二册时作者已经知道死刑是无可避免的了。然而判决究竟不曾确定。死虽然就在他的眼前，希望纵然极其微弱，却也不曾完全消失。所以那时有疑惑，有挣扎，有呻吟，有眼泪。作者当时还不大认识死的面目。最后临到了写第三十三册，一切都决定了，从此再没有从前那种不安定，从前那种苦苦的挣扎。的确如布施辰治所说，确定了舍弃生命以后，心境和态度都是更为沉静，真有超越生死之概。因此无怪乎有人会以为这一册“真正的死刑囚的狱中记”反不及以前的三十二册中文笔之清丽和表现之沉痛了。

古田大次郎自称为一个恐怖主义者。倘使把他的日记当作一个恐怖主义者的心理分析的记录看倒很适当。或者把它看作一个人的最真挚的自白看也无不可。所以加藤一夫读了它，就“觉得我的灵魂被净化了。我真的由于他的这记录而加深了我对于生活的态度”。加藤一夫称古田为一个“真诚的，真实的而又充满温情的纯真的灵魂”。他说《死之忏悔》是一本“非宗教的宗教书”。……

我读完这本书，我的心灵受到了强烈的震动。但是我不能不有一种惋惜的感觉。像古田那样的人不把他的希望寄托在有组织的群众运动上面，却选取了恐怖主义的路，在恐怖主义的境地中去探求真理，终于身死在绞刑台上。这的确是一件很可痛惜的事。

个二十六岁的青年在狱中等死的情形，我在字句间看出了一个人的内心的激斗，看出了血和泪的交流。差不多每一页，每一段上都留着挣扎的痕迹。作者能够达到那最后的胜利，的确不是容易的事。

我感着生的倦怠么？不！

对于死的恐怖呢？曾经很厉害地感着。现在有时感到，有时感不到。把死忘记了的时候居多。只是死的瞬间的痛苦还是有点可怕。

作者这样坦白地承认着。他常常在写下了对于死的畏惧以后，又因为发觉自己的懦弱而说些责备自己的话。然而在另一处他却欣喜地发见：

死是不可思议的，然而也是伟大的。……

后来作者又疑惑地问道：

死果然是一切的终结吗？死果然会赔偿一切吗？我为什么要怕死呢？

“死并不可怕，只是非常寂寞。我为什么憎厌临死的痛苦呢？我想那样的痛苦是不会有的罢。”作者又这样地想道。

“我想保持着年轻的身体而死去，”这是作者的希望。

我不想再引下去了。作者是那样的一个厚于人情的青年，他有慈祥的父亲，又有可爱的妹妹，还有许多忠诚的友人。要他把这一切决然抛弃，安然攀登绞刑台，走入那寂寞的永恒里，这的确不是片刻的功夫所能做到的。这两百多天的日记里充满着情感的波动。我们只看见那一起一伏，一潮一汐。倘使我们不小心翼翼一步一步地追随作者的笔，我们就不能了解作者的心情。

只有二十六岁的年纪。不愿意离开这个世界，而又不得不离开。不想死，而被判决了死刑。一天天在铁窗里面计算日子，等着死的到来。在等死的期间想象着那个未知的东西的面目，想象着它会把他带到什么样的境界去。在这种情形下写成的《死之忏悔》，我们可以用一个“死”字来包括。他谈死，他想了解死，他感觉到死的重量。他的文字是充满着血和泪的。在那本五百页的大书里作者古田提出许多疑问，写出许多揣想，作者无一处不论到死，或者暗示到死。然而我却找不到一个确定的答案，一个结论。

其实这个答案，这个结论是有的，却不在这本书里面，这就是作者的死。这个死给他解答了一切的问题，也给我解答了一切的问题。

古田大次郎为爱而杀人，而被杀，以自己的血偿还别人的血，以自己的痛苦报偿别人的痛苦。他以一颗清纯的心毫不犹豫地攀登了绞刑台。死赔偿了一切。死拯救了一切。

我想：“他的永眠一定是安适而美满的罢。”我突然想起五十年前支加哥劳工领袖阿·帕尔森司①上绞刑台前作的诗了：

到我的墓前不要带来你们的悲伤，
也不要带来眼泪和凄惶，
更不要带来惊惧和恐慌；
我的嘴唇已经闭了时，
我不愿你们这样来到我的坟场。

我不要送葬的马车排列成行，
我不要送丧的马队
头上羽毛飘动荡漾；
我静静地放我的手在胸上，
且让我和平地安息在墓场。

① 帕尔森司（1848—1887）：美国支加哥劳工运动的一个领导人。一八八六年五月四日支加哥干草市场发生炸弹事件。帕尔森司是当日群众大会的一个演说者，因此被法庭悬赏五千元通缉。六月二十一日他到法庭自首。第二年十一月十一日与同志司皮司、斐失儿、恩格尔同受绞刑。一八九三年伊里诺斯省新省长就职，重查此案，发见真相，遂发出理由书，宣告法官枉法，并替帕尔森司等洗去罪名。这是帕尔森司上绞刑台前数小时内写成的诗。

不要用你们的怜悯来侮辱我的死灰，
要知道你们还留在荒凉的彼岸，
你们还要活着忍受灾祸与苦辛。
我静静地安息在坟墓里面，
只有我才应该来怜悯你们。

人世的烦愁再不能萦绕我的心，
我也不会再有困苦和悲痛的感情，
一切苦难都已消去无影。
我静静地安息在坟墓内，
我如今只有神的光荣。

可怜的东西，这样惧怕黑暗，
对于将临的惨祸又十分胆寒。
看我是何等从容地回到家园！
不要再敲你们的丧钟，
我现在已意足心满。

这篇短文并不是“死之礼赞”。我虽然写了种种关于“死”的话，但是我愿意在这里坦白地承认：

“我还想活！”因为我正如小说《朝影》中的青年奈司拉莫夫所说：“我爱阳光、天空，和春光、秋景；我爱青春，以及自然母亲所给与我们的和平与欢乐。……”

1937年3月在上海。

梦[1]

我常常把梦当作我唯一的安慰。只有在梦里我才得到片刻的安宁。我的生活里找不到“宁静”这个名词。烦忧和困难笼罩着我的全个心灵，没有一刻离开我。然而我一进到梦的世界，它们马上远远地避开了。在梦的世界里我每每忘了自己。我不知道我过去是一个什么样的人，或者做过什么样的事。梦中的我常常是一个头脑单纯的青年，没有过去，也没有将来；没有烦忧，也没有困难。

---

① 本篇最初发表于一九三七年五月十五日《文丛》第一卷第三号。

我只有一个现在，我只有一条简单的路，我只有一个单纯的信仰。我不知道这信仰是从什么地方来的，在梦中我也不会去考究它。但信仰永远是同一的信仰，而且和我在生活里的信仰完全一样。只有这信仰是生了根的，我永远不能把它去掉或者改变。甚至在梦里我忘了自己、忘了过去的时候，这信仰还像太白星那样地放射光芒。所以我每次从梦中睁开眼睛，躺在床上半糊涂地望四周的景物，那时候还是靠了这信仰我才马上记起我是怎样的一个人。把梦的世界和真实的世界连结起来的就只有这信仰。所以在梦里我纵然忘了自己，我也不会做一件我平日所反对的事情。

我刚才说过我只有在梦中才得着安宁。我在生活里找不到安宁，因此才到梦中去找，其实不能说去找，梦中的安宁原是自己来的。然而有时候甚至在梦中我也得不到安宁。我也做过一些所谓噩梦，醒来时两只眼睛茫然望着白色墙壁，还不能断定是梦是真，是活是死；只有心的猛跳是切实地感觉到的。但是等到心跳渐渐地平静下去，这梦景也就像一股淡烟不知飘散到哪里去了。留下来的只是一个真实的我。

最近我却做了一个不能忘记的梦。现在我居然还能够记下它来。梦景是这样的：

我忽然被判决死刑，应该到一个岛上去登断头台。我自动地投到那个岛上。伴着我去的是一个不大熟识的友人。我们到了那里，我即刻被投入地牢。那是一个没有阳光的地方，墙壁上整天点着一盏昏暗的煤油灯，地上是一片水泥。在不远的地方时时响起来囚人的哀叫，还有那建筑断头台的声音从早晨到夜晚就没有一刻停止。除了每天两次给我送饭来的禁卒外，我整天看不见一个人影。也没有谁来向我问话。我不知道那位朋友的下落，我甚至忘记了她。在地牢里我只有等待。等断头台早日修好，以便结束我这一生。我并没有悲痛和悔恨，好像这是我的自然的结局。于是有一天早晨禁卒来把我带出去，经过一条走廊到了天井前面。天井里绞刑架已经建立起来了，是那么丑陋的东西！它居然会取去我的生命！我带着憎恨的眼光去看它。但是我的眼光触到了另一个人的眼光。原来那位朋友站在走廊口。她惊恐地叫我的名字，只叫了一声。她的眼里包着满眶的泪水。我的心先前一刻还像一块石头，这时却突然熔化了。这是第一个人为我的缘故流眼泪。在这个世界里我居然看见了一个关心我的人。虽然只是短短的一瞥，我也似乎受到了一次祝福。我没有别的话，只短短地说了“不要紧”三个字，一面感激地对她微笑。这时我心中十分明白，我觉得就这样了结我的一生，我也没有遗憾了。我安静地走上了绞刑架。下面没有几个人，但是不远处有一对含泪的眼睛。这对眼睛在我的眼前晃动。然而人把我的头蒙住了。我什么也看不见。

以后我忽然发觉我坐在绞刑架上，那位朋友坐在我身边。周围再没有别的人。我正在惊疑间，朋友简单地告诉我：“你的事情已经了结。现在情形变更，所以他们把你放了。”我侧头看她的眼睛，眼里已经没有泪珠。我感到莫大的安慰，就跟着她走出监牢。门前有一架飞机在等候我们。

我们刚坐上去，飞机就动了。

飞机离开孤岛的时候，离水面不高，我回头看那个地方。这是一个很好的晴天，海上平静无波。深黄色的堡垒抹上了一层带红色的日光，凸出在一望无际的蓝色海面上，像一幅图画。

后来回到了我们住的那个城市，我跟着朋友到了她的家，刚走进天井，忽然听见房里有人在问：“巴金怎样了？有遗嘱吗？”我知道这是她哥哥的声音。

“他没有死，我把他带回来了，”她在外面高兴地大声答道。接着她的哥哥惊喜地从房里跳了出来。在这一刻我确实感到了生的喜悦。但是后来我们三人在一起谈论这件事情时，我就发表了“倒不如这次死在绞刑架上痛快”的议论。……

这只是一场梦。春夜的梦常常很荒唐。我的想象走得太远了。但是我却希望那梦景能成为真实。我并非盼望真有一个“她”来把我从绞刑架上救出去。我想的倒是那痛快的死。这个在生活里我得不到，所以我的想象在梦中把它给我争取了来。但是在梦里它也只是昙花一现，而我依旧被“带回来了”。

这是我的不幸。我是一个充满矛盾的人。只有这个才是消灭我的矛盾的唯一的方法。然而我偏偏不能够采用它。人的确是脆弱的东西。我常常严酷无情地分析我自己，所以我深知道自己是一个什么样的人。有时我的眼光越过了生死的界限，将人世的一切都置之度外，去探求那赤裸裸的真理；但有时我对生活里的一切都感到留恋，甚至用全部精力去做一件细小的事情。在《关于〈家〉》的结尾我说过“青春毕竟是美丽的东西”。在《死》的最后我嚷着“我还要活”。但是在梦里我却说了“倒不如死在绞刑架上痛快”的话。梦中的我已经把生死的问题解决了，所以能抱定舍弃一切的决心坦然站在绞刑架上，真实的我对于一切却是十分执著，所以终于陷在繁琐和苦恼的泥淖里而不能自拔。到现在为止的我的一生中至少有一半以上的时间和精力是被浪费了的。

有一个年轻朋友读了我的《死》，很奇怪我

“为什么会想到这许多关于死的话”。她寄了一张海上日出的照片来鼓舞我，安慰我。现在她读到我的这篇短文大概会明白我的本意罢。我接到那张照片，很感谢她的好意。然而我是一个在矛盾中挣扎的弱者。我这一生横竖是浪费了的。那么就让我把这一生作为一个试验，看一个弱者怎样在重重的矛盾中苦斗罢。也许有一天我会克服了种种的矛盾，成为一个强者而达到生之完成的。那时梦中的我和真实的我就会完全合而为一人了。

1937 年 4 月在上海。

醉[①]

我不会喝酒，但我有时也尝到醉的滋味。醉的时候我每每忘记自己。然而醉和梦毕竟不同。我常常做着荒唐的梦。这些梦跟现实离得很远，把梦景和现实的世界连接起来就只靠我那个信仰。所以在梦里我没有做过跟我的信仰违背的事情。

我从前说我只有在梦中得到安宁，这句话并不对。真正使我的心安宁的还是醉。进到了醉的世界，一切个人的打算，生活里的矛盾和烦忧都

① 本篇最初发表于一九三七年六月十五日《文丛》第一卷第四号。

消失了，消失在众人的“事业”里。这个“事业”变成了一个具体的东西，或者就像一块吸铁石把许多颗心都紧紧吸到它身边去。在这时候个人的感情完全溶化在众人的感情里面。甚至轮到个人去牺牲自己的时候他也不会觉得孤独。他所看见的只是群体的生存，而不是个人的灭亡。

将个人的感情消溶在大众的感情里，将个人的苦乐联系在群体的苦乐上，这就是我的所谓“醉”。自然这所谓群体的范围有大有小，但“事业”则是一个。

我至今还记得我第一次的沉醉。那已经是十七八年前的事了，然而在我的脑子里还是十分鲜明。那时我是个孩子。我参加一个团体的集会。我从来没有像那样地感动过。谈笑、友谊、热诚、信任……从不曾表现得这么美丽。我曾经借了第三者的口吻叙述我当时的心情：这次十几个青年的茶会简直是一个友爱的家庭的聚会。但这个家庭里的人并不是因血统关系、家产关系而联系在一起的；结合他们的是同一的好心和同一的理想。

在这个环境里他只感到心与心的接触，都是赤诚的心，完全脱离了利害关系的束缚。他觉得在这里他不是一个陌生的人，孤独的人。他爱着周围的人，也为他周围的人所爱。他了解他们，他们也了解他。他信任他们，他们也信任他[①]。……

这是醉。第一次的沉醉以后又继之以第二次、第三次……这醉给了我勇气，给了我希望，使我一个幼稚的孩子可以站起来向旧礼教挑战，使我坚决地相信光明，信任未来。不仅是我，我们那个时代的青年都是这样地成长的。而且我相信每个时代的青年都会在这种沉醉中饮到鼓舞的琼浆。

时间是骎骎地驰过去了。醉的次数也渐渐地多起来。每一次的沉醉都在我的心上留下一点痕迹。有一两次我也走过那黑门[②]，我的手还在门上停了一下。但是我们并没有机会得到那痛快的壮烈的最后。这是事实。一个人沉醉的时候，他会去干一些勇敢的事情，至少他会有这样的渴望。

---

① 见长篇小说《家》第二十九章。

② 黑门：指死。

我们那时也就处在这样的境地。南国的芳香沁入我们的心灵，火把给我们照亮黑暗的窄巷。一堵墙、一扇门关不住我们的心。一个广场容纳不了我们的热情。或者一二十个孩子聚在一个小房间里，大家拥挤地坐在地上；或者四五个人走着泥泞的乡间道路。静夜里，石板路上响着我们的脚步声。在温暖的白昼，清脆的笑语又充满了古庙。没有寂寞，没有苦闷，没有悲哀。有的只是一个光明的希望。每个人的胸膛里都有着同样的一颗心。

这是无上的“沉醉”，这是莫大的“狂喜”，它使我们每个人“都消失在完全的忘我里面”。所以我们也曾夸大地立下誓言：要用我们的血来灌溉人类的幸福，用我们的死来使人类繁荣。要把我们的生命联系在人类的生命上面。人类生命的连续广延永远不会中断，没有一种阻力可以毁坏它。我们所看见的只有人类的繁昌，并没有个人的死亡。

我不能否认我们的狂妄，但是我应该承认我们的真挚。我们中间也有少数人实行了他们的约言。剩下的多数却让严肃的工作消蚀他们的生命。

拿起笔的只有我一个。我不甘心就看着我的精力被一些方块字消磨干净，所以我责备自己是一个弱者。但是这个意思也很明显；这里并没有悲观，也没有绝望。若有人因此说我“在黑暗中哭泣”，那是他自己看错了文章。我们从没有过哭泣的时候。那不是我们的事情。甚至跟一个亲密的朋友死别，我们也只有暗暗地吞几滴眼泪。我们自然不能否认黑暗的存在。然而即使在黑暗的夜里，我们也看见在远方闪耀的不灭的光明，那是“醉”给我们带来的。

我常常用我自己的事情做例子，也许别人会把这篇《醉》看作我的自白。其实《死》和《梦》都不是我的自白，《醉》也不是。我可以举出另一些例子。我手边恰恰有几封信，我现在从里面引出几段，我让那些比我更年轻的人向读者说话：

那天夜里，正是我异常兴奋的一天。在学校里我们开了一个野火会。天空非常地黑沉，人们的影子在操场上移动着，呼喊着。它的声波冲破这沉寂的天空！

一堆烈火盛燃起来了。那光亮的红舌头照亮了每个人的脸，我们围绕着火堆唱歌。我们唱《自由神》、《示威》等等，这个兴奋的会一直到火熄灭了为止。

这不也是“醉”么？

在十二月××日，一个温暖的北方天气，阳光是那么明亮，又那么温暖，在这天我们学生跑到××（一个小乡村）去举行扩大行军。这项新鲜而又兴奋的工作弄得我一夜都没有睡好。

大概八点钟罢。我们起程了，空着肚子，悄悄地离开了学校。我们经过了热闹的街市、吵嚷的人群，快到十点的时候才踏进乡村的境界。

一条黄土道，向来是静寂得怕人，今天却有些改变了。一群学生穿着蓝布衫、白帆布球鞋，脸上露出神秘而又兴奋的微笑，拖着大步踏着这条黄土道。“一……二……一”不知道是谁这样喊着，我们下意识地跑起来。

到那里已是晌午了。我们群集在一个墓地里，后面是一带大树林，前面有几间小茅屋。农夫们停止了工作都出来看望。啊，是那么活跃着的一群青年！行军的号筒响了，雄壮的声音提起了每个人的勇气。我们真的像上了战场一样。

战斗的演习继续到三点钟才完毕。因为环境不允许，我们的座谈会没有举行，就整队回校了。一路上唱着歌，喊着热烈的口号。

这是“醉”，令人永不能忘记的“沉醉”。它把无数青年的心连结在一起了。还有：

的确我不会是寂寞，我不会是孤独。我们永久是热情的，那么多被愤怒的火焰狂炽着的心永久会紧紧连系在一起的。啊，我想起了一件事情。我真不能够忘记。就是在去年下半年我们从先生的口中和报纸上知道了北平学生运动的经过情形，而激起了我们的请愿的动机。那时在深夜里我们悄悄地计划着，我们紧紧地携着手，在黑暗中祝福第二天背着校方的请愿成功。我们一点也不怕的在微弱的电筒光下写着旗子和施行的步骤。我们一夜没有睡。当天将亮的时候，我和另一个同学轻轻地在每一个寝室的玻璃窗上敲了两下，于是同学们都起来了。我们整齐了队伍，在微雨的早晨走出了校门。在出发的时候，我因为走得太忙，跌了一个斤斗，一个高一班的同学拉了我起来，我们无言地亲密地对笑着。一群孩子如一条粗长的铁链冲出了学校。虽然最后我们失败了。但那粗长的铁链使我们相信了我们自己。我们怎会寂寞，怎会孤独呢？

这是年轻的中国的呼声。我们的青年就这样地慢慢成长了。——那个“孩子”说得不错，在这样的沉醉中他们是不会感到寂寞和孤独的。让我在这里祝福他们。

1937年5月在上海。

路[①]

我最近在《文丛》上发表过三篇短文（另有一篇《醉》也快要发表了），有人论到它们，说是“一些纠缠不清的自白”。其实这并不是。固然我说明我怎样写了那部题作《家》的小说，我谈梦谈死，但谈的并不全是自己的事。倘使我常常拿我自己或者与我自己有关的事情作例子，那只是因为我想写得更真实，更亲切。我知道我不是在写论文。那位批评者在我这三篇文章里看出我的

① 本篇最初发表于一九三七年七月十五日《文丛》第一卷第五号。

“苦闷”，“彷徨”，“懦弱”。我觉得很奇怪。我的面前就摆着我的三篇文章，在《关于〈家〉》里，我吐露了我对于一个不合理的制度的积愤，为那些被逼着做了不必要的牺牲品的可爱的生命叫一声冤屈。在《死》里我说明“死”并不可怕，指出人为了怕死甘愿低头去做种种违背良心的事情。我赞美真正视死如归的勇士。在《梦》里我说我要“在重重的矛盾中苦斗”，我希望我会“克服种种矛盾成为一个强者而达到生之完成”。这些话我至今还觉得没有说错。这里并没有“彷徨”和“懦弱”。我对于自己的路始终没有怀疑过。在那篇短短的《梦》里或许有招人误解的地方，因为我说过“我盼望的倒是那痛快的死”。但是愿望也并不是永远不变的。有两三次我走过那“黑门”，我的手还在门上停留一下。但是我没有机会得到那痛快的最后。这是事实。然而正和我说“倒不如死在绞刑架上痛快”时一样，这并不是我“对自己的路始终怀疑”，也不是在表现我的“懦弱”。为谋人群的幸福牺牲一己的生命，这是每个革命者的志愿。古今来有不少志士仁人跟着刑场上的露水一起消失。没有人能够说自己比他们更勇敢。我常常侈说寻求人群的幸福，不能找到从容就义的机会，却在纸笔上消磨我的岁月，那是我的无能。但这并不证明我的路就和大众的路相背驰。我的路不是我自己发明的。那是许多人已走过而且正走着的路。我也从没有在这条路之外寻找别的所谓个人的路。

“每个不愿做奴隶的人都起来”，这不错。但大众的路还不是如此简单，走大众的路的人不仅自己不愿意做奴隶，同时还要使别人也不做奴隶。使自己不做奴隶，这倒不太难，但使别人同时也不做奴隶就不容易了。这道理不一定要在创作中才能够表现出来，写一篇短文也可以说得十分明白。

我们处在什么样的时代，我们应该怎样保全我们这民族的独立，维持我们的生存，这用不着我来解说，因为每个人都知道。我也不是一个盲人。我的眼光从不敢离开现实。我和别的人一样，我也看得明白目前威胁着我们这个民族的危机是日益紧迫了，而且也知道这个危机并不是一朝一夕所造成的。它有它的远因和近因，它有它的发展的道路。下什么种子就有什么收获。国际形势的变化，离不了因果关系。要等到兵临城下才叫出抗敌的口号，那倒是近视的人了。

我从没有怀疑过“抗×”[①] 的路。我早就相信这是我们目前的出路。我所看见的大众的路里就包含着争取民族自由的斗争。此外我再没有个人的路。把个人的利益放在众人的利益里面，怎么还能有所谓个人的路？但是大众的路也并非简单的“抗×”二字所能包括。单提出“抗×”而不去想以后——怎样，还是不能解决问题。我们且把“抗×”比作一道门，我们要寻到自由和生存，我们要走向光明，第一就得跨进这道门。但跨进门以后我们还得走路。关于那个时候的步骤，目前也该有所准备了。因为我们谁都不是狭义的

① “抗×”：即“抗日”。

爱国主义者，而且近年来欧洲大陆已经给了我们不少有益的例子。

我以前的态度是如此，现在也是如此。若说我不会写文章，我不想辩解。倘使断定我“为自己的路而彷徨苦闷”，那是说话的人自己弄不清楚。

路也许很长。但是走的人很多，而且远远的还有那一线亮光。每个人都看得见那亮光。在这时候谁还会怀疑自己面前的这条道路呢！

1937年6月在上海。

生[1]

死是谜。有人把生也看作一个谜。

许多人希望知道生，更甚于愿意知道死。而我则不然。我常常想了解死，却没有一次对于生起过疑惑。

世间有不少的人喜欢拿“生是什么”、“为什么生”的问题折磨自己，结果总是得不到解答而悒郁地死去。

真正知道生的人大概是有的；虽然有，也不

① 本篇最初发表于一九三七年八月十五日《文丛》月刊第一卷第六号。

会多。人不了解生，但是人依旧活着。而且有不少的人贪恋生，甚至做着永生的大梦：有的乞灵于仙药与术士，有的求助于宗教与迷信；或则希望白日羽化，或则祷祝上登天堂。在活着的时候为非作歹，或者茹苦含辛以积来世之福——这样的人也是常有的。

每个人都努力在建造“长生塔”，塔的样式自然不同，有大有小，有的有形，有的无形。有人想为子孙树立万世不灭的基业；有人愿去理想的天堂中做一位自由的神仙。然而不到多久这一切都变成过去的陈迹而做了后人凭吊唏嘘的资料了。没有一座沙上建筑的楼阁能够稳立的。这是一个很好的教训。

一百四十几年前法国大革命中的启蒙学者让·龚多塞不顾死刑的威胁，躲在巴黎卢森堡附近的一间顶楼上忙碌地写他的最后的著作，这是历史和科学的著作。据他说历史和科学就是反对死的斗争。他的书也是为征服死而著述的。所以在写下最后两句话以后，他便离开了隐匿的地方。

他那两句遗言是："科学要征服死，那么以后就不会再有人死了。"

他不梦想天堂，也不寻求个人的永生。他要用科学征服死，为人类带来长生的幸福。这样，他虽然吞下毒药，永离此世，他却比谁都更了解生。

科学会征服死。这并不是梦想。龚多塞企图建造一座为大众享用的长生塔，他用的并不是平民的血肉，像我的童话里所描写的那样。他却用了科学。他没有成功。可是他给那座塔奠了基石。

这座塔到现在还只有那么几块零落的基石，不要想看见它的轮廓！没有人能够有把握地说定在什么时候会看见它的完成。但有一件事实则是十分确定的：有人在孜孜不倦地努力于这座高塔的建造。这些人是科学家。

生物是必死的。从没有人怀疑过这天经地义般的话。但是如今却有少数生物学者出来企图证明单细胞动物可以长生不死了。德国的怀司曼甚至宣言："死亡并不是永远和生物相关联的。"因为单细胞动物在养料充足的适宜的环境里便能够继续营养和生存。它的身体长大到某一定限度无可再长的时候，便分裂为二，成了两个子体。它们又自己营养、生长，后来又能自己分裂以繁殖其族系，只要不受空间和营养的限制，它们可以永远继续繁殖、长生不死。在这样的情形下面当然没有死亡。

拿草履虫为例，两个生物学者美国的吴特拉夫和俄国的梅塔尼科夫对于草履虫的精密的研究给我们证明：从前人以为分裂二百次便现出衰老状态而逼近死亡的草履虫，如今却可以分裂到一万三千次以上，就是说它能够活到二十几年。这已经比它的平常的寿命多过七十倍了。有些人因此断定说这些草履虫经过这么多代不死，便不会死了。但这也只是一个假定。不过生命的延长却是无可否认的。

关于高等动物，也有学者作了研究。现在鸡的、别的一些动物的、甚至人的组织（tissue）已经可以用人工培养了。这证明：多细胞动物体的细胞可以离开个体，而在适当的环境里生活下去，也许可以做到长生不死的地步。这研究的结果离真正的长生术还远得很，但是可以说朝这个方向前进了一步。在最近的将来，延长寿命这一层，大概是可以办到的。科学家居然在显微镜下的小小天地中看出了解决人间大问题——生之谜的一把钥匙。过去无数的人在冥想里把光阴白白地浪费了。

我并不是生物学者，不过偶尔从一位研究生物学的朋友那里学得一点点那方面的常识。但这只是零碎地学来的，而且我时学时忘。所以我不能详征博引。然而单是这一点点零碎的知识已经使我相信龚多塞的遗言不是一句空话了。他的企图并不是梦想。将来有一天科学真正会把死征服。那时对于我们，生就不再是谜了。

然而我们这一代（恐怕还有以后的几代）和我们的祖先一样，是没有这种幸运的。我们带着新的力量来到世间，我们又会发挥尽力量而归于尘土。这个世界映在一个婴孩的眼里是五光十色；

一切全是陌生。我们慢慢地活下去。我们举起一杯一杯的生之酒尽情地饮下。酸的、甜的、苦的、辣的我们全尝到了。新奇的变为平常，陌生的成为熟习。但宇宙是这么广大，世界是这么复杂，一个人看不见、享不到的是太多了。我们仿佛走一条无尽长的路程，游一所无穷大的园林，对于我们就永无止境。“死”只是一个碍障，或者是疲乏时的休息。有勇气、有精力的人是不需要休息的，尤其在胜景当前的时候。所以人应该憎恨“死”，不愿意跟“死”接近。贪恋“生”并不是一个罪过。每个生物都有生的欲望。蚱蜢饥饿时甚至吃掉自己的腿以维持生存。这种愚蠢的举动是无可非笑的，因为这里有的是严肃。

俄罗斯民粹派革命家妃格念尔“感激以金色光芒洗浴田野的太阳，感激夜间照耀在花园天空的明星”，但是她终于让沙皇专制政府将她在席吕谢尔堡中活埋了二十年。为了革命思想而被烧死在美国电椅上的鞋匠沙珂还告诉他的六岁女儿：“夏天我们都在家里，我坐在橡树的浓荫下，你坐在我的膝上；我教你读书写字，或者看你在绿的田野上跳荡、欢笑、唱歌，摘取树上的花朵，从这一株树跑到那一株，从清朗、活泼的溪流跑到你母亲的怀里。我梦想我们一家人能够过这样的幸福生活，我也希望一切贫苦人家的小孩能够快乐地同他们的父母过这种生活。”

“生”的确是美丽的，乐“生”是人的本分。前面那些杀身成仁的志士勇敢地戴上荆棘的王冠，将生命视作敝屣，他们并非对于生已感到厌倦，相反的，他们倒是乐生的人。所以奈司拉莫夫[①]坦白地说：“我不愿意死。”但是当他被问到为什么去舍身就义时，他却昂然回答：“多半是因为我爱‘生’过于热烈，所以我不忍让别人将它摧残。”他们是为了保持“生”的美丽，维持多数人的生存，而毅然献出自己的生命的。这样深的爱！甚至那躯壳化为泥土，这爱也还笼罩世间，跟着太阳和明星永久闪耀。这是“生”的美丽之最高

① 奈司拉莫夫：中篇小说《朝影》中的一个人物。

的体现。

“长生塔”虽未建成，长生术虽未发见，但这些视死如归但求速朽的人却也能长存在后代子孙的心里。这就是不朽。这就是永生。而那般含垢忍辱积来世福或者梦想死后天堂的“芸芸众生”却早已被人忘记，连埋骨之所也无人知道了。

我常将生比之于水流。这股水流从生命的源头流下来，永远在动荡，在创造它的道路，通过乱山碎石中间，以达到那唯一的生命之海。没有东西可以阻止它。在它的途中它还射出种种的水花，这就是我们生活里的爱和恨、欢乐和痛苦，这些都跟着那水流不停地向大海流去。我们每个人从小到老、到死，都朝着一个方向走，这是生之目标，不管我们会不会走到，或者我们会在中途走入了迷径，看错了方向。

生之目标就是丰富的、满溢的生命。正如青年早逝的法国哲学家居友所说：“生命的一个条件就是消费。……个人的生命应该为他人放散，在必要的时候还应该为他人牺牲。……这牺牲就是真实生命的第一个条件。”我相信居友的话。我们每个人都有着更多的同情，更多的爱慕，更多的欢乐，更多的眼泪，比我们维持自己的生存所需要的多得多。所以我们必须把它们分散给别人，否则我们就会感到内部的干枯。居友接着说：“我们的天性要我们这样做，就像植物不得不开花似的，纵然开花以后便会继之以死亡，它仍旧不得不开花。”

从在一滴水的小世界中怡然自得的草履虫到在地球上飞腾活跃的“芸芸众生”，没有一个生物是不乐生的，而且这中间有一个法则支配着，这就是生的法则。社会的进化、民族的盛衰、人类的繁荣都是依据这个法则而行的。这个法则是“互助”，是“团结”。人类靠了这个才能够不为大自然的力量所摧毁，反而把它征服，才建立了今日的文明；一个民族靠了这个才能够抵抗他民族的侵略而维持自己的生存。

维持生存的权利是每个生物、每个人、每个民族都有的。这正是顺着生之法则。侵略则是违反了生的法则的。所以我们说抗战是今日的中华民族的神圣的权利和义务，没有人可以否认。

这次的战争乃是一个民族维持生存的战争。民族的生存里包含着个人的生存，犹如人类的生存里包含着民族的生存一样。人类不会灭亡，民族也可以活得很久，个人的生命则是十分短促。所以每个人应该遵守生的法则，把个人的命运联系在民族的命运上，将个人的生存放在群体的生存里。群体绵延不绝，能够继续到永久，则个人亦何尝不可以说是永生。

在科学还未能把“死”完全征服、真正的长生塔还未建立起来以前，这倒是唯一可靠的长生术了。

我觉得生并不是一个谜，至少不是一个难解的谜。

我爱生，所以我愿像一个狂信者那样投身到生命的海里去。

1937 年 8 月在上海。

关于《何为》[1]

《何为》的名字我在十六七岁的时候就知道了。后来听说这书有英文译本[2]，曾托友人在伦敦、纽约等处搜求过，却没有结果。一九二八年春天我在巴黎赛纳河畔一家书摊上买到这书的法文译本，书名改作了《嫉妒》，但内容是一看便明白的。这法文译本也早绝版了，我无意间得到它，

---

① 《何为》：罗淑译（节本）。一九三六年四月上海文化生活出版社出版。本篇收入一九三八年九月上海开明书店版《梦与醉》时，改题为《关于〈何为〉》。

② 英译本名《一个重大的问题或何为》，在纽约刊行，译者为 Nathan Haskell Dole，现已绝版。

心里高兴自不必说。我那时在翻译廖·抗夫的短篇小说《薇娜》，司特普尼亚克的《三十九号》，蒲列鲁克尔的《为了知识与自由的缘故》，这都是描写旧俄新女性的姿态的作品，我打算把《何为》也译出来，和它们编在一起，印一本小册子。然而后来，《灭亡》的写作占去了我的时间，而且那几篇译稿寄回上海后也找不到发表的地方，那时候的杂志编辑不会看得起我的文章，更没有一家书店肯接受我的稿子。我便停止了《何为》的翻译。当时我已经开始译了几页，但现在连译稿也不知道失落在什么地方去了。一搁就是几年，直到三个月前我整理破书，找出了这本《何为》，拿给世弥看，她说愿意翻译，就把这事情拜托给她。世弥没有失信，过了一个多月的光景，她就把稿子送来了，是这么流畅的译笔。我把译稿仔细读过一遍，在我算是了却一桩心愿，我觉得很高兴。

关于这本小书我还想说几句话。我在《俄国社会运动史话》第一卷第六章里面曾论过它，我写了一个极简略的节要，这和现在这译本的内容不大相同。我的节要是根据捷克马沙列克的《俄罗斯精神》第二卷第十四章写的，马沙列克对于俄国社会运动的知识之广博，是无可怀疑的，他的著作里面征引《何为》的处所甚多，而且有些对话还是这译本里所没有的。[①] 根据这两点我们也可以断定法文译本只是一个节本。不过原本我们一时找不到，这节译本又没有支离破碎之处。所以我们也就以这节译本为满足了。

这小说[②]对于十九世纪六七十年代的俄国男

---

① 譬如薇娜责备乐卜何夫的合理的利己主义，说它是冷的，平庸的，严酷的。乐卜何夫答道："这理论是冷的，然而它教人怎样去创造温暖。一根火柴是冷的，火柴匣子的边也是冷的，然而在它们里面却含着火，它会给人烧饭，而且使人身体温暖。这理论是严酷的，然而倘使人们遵从它，他们就不再会做那些徒然无益的同情之可悲的玩具了。捏着刺胳针的手是不应该退缩的，因为单纯的同情对于病人并没有一点好处。这理论是平庸的，然而它揭示了生活的真正动机，而且只有在生活的真理中我们才会找出诗来。"这一段话在这译本里就没有。

② 瓦利柴夫斯基在他的《俄国文学史》中说这小说缺乏艺术和诗的色彩。然而车尔勒雪夫斯基的艺术观是"非美学的"。他的诗的定义是：生活，活动与激情。他以为生活本身才是美丽的，艺术只能帮助来说明生活，而决不能代替现实，也不能达到与现实同等的地位。他的一个信徒还说："一个鞋匠比拉斐尔（意大利名画家）要高贵得多。"

女青年都有过极大的影响，对于他们，它简直是“一个启示”。它一出版马上就成了俄国青年的纲领和福音，它的确支配着，指导着当时青年男女的行动。①

这小说的力量在于它所阐明的理论，在于它所描写的实在论者的典型。这无异乎给当时的青年男女指示一条道路，告诉他们应该做的事情。这小说里的主人公，那些实在论者，又是唯物论者，实证论者，利己主义者。② 他们并不博学，然而却能科学地思索。他们是锐敏的观察者，而且常常从他们的观察得来合于逻辑的结论。他们

---

① 这小说是在监狱里写成的，出版后不久作者就被流放到西伯利亚，在其后的二十年中间他都以骄傲的态度过着困苦的放逐生活。他的崇高的人格感动了无数真挚的男女青年。

② 车尔勒雪夫斯基说过：“真正的实证论者除了爱和高贵的心灵外，什么也没有了。”他的一个信从者沙热夫更说：“我们相信我们是为人类的幸福奋斗的。”可见所谓合理的利己主义与自私自利不同。它一方面尊重，而且主张个人的自由，权利和创意性，他方面也倾向着共同的善与万人的幸福。所以这合理的利己主义又可称做利他的个人主义。

把这实证的知识也应用到道德的方面去。因此他们否定了一切过去的传统和习俗。自然，质朴，直接，坦白，这是他们的口号，而且成了他们的生活的特征。他们少说话，而宁愿多实行，多学习；但是他们却喜欢彼此争辩讨论那些哲学的、社会的、政治的问题。他们中间也许有两三个会抱着这实在论走到极端，但大多数的人都是诚挚的工作者，他们为自己同时也为同胞工作。他们当着一切困难的问题，处在一切困难的环境里面，都能够冷静地思索而行动。

他们应该怎样做呢？“何为”的问题来了。一切都是很显然的。社会应该根据社会主义的原理来组织过。一切制度必须与福利叶的理想相合。这些理想应该用路易·布郎式的合作组织而且由人民的教育来实现，这不仅是依照福利叶所指示的，同时还与奥文的计划相合。

这可见车尔勒雪夫斯基在《何为》里所阐明的理论并不是他的创见，他的论据还是从西欧的作者那里得来的。

有一点是应该特别提说的，就是车尔勒雪夫斯基在这小说里还解决了几个重要的妇女问题（如争自由、求知识的问题等等，尤其是夫妇中间的关系这问题）。在俄国四十年代，乔治·桑是很时髦的，然而普希金却借着塔季安娜大胆地，独立地处理了这问题①。德鲁景林的波林加不肯接

① 塔季安娜是普希金的长诗《叶佛金尼·奥涅金》的女主人公。这一个乡村的姑娘爱上了时髦的富家子奥涅金，他却并不注意她。她向他表示过她的真诚的爱，却被他拒绝，而且得到他一番教训。后来她被母亲逼着到了莫斯科，嫁给一个年老的将军。他们夫妇到圣彼得堡，她在那里成了交际社会的明星。在这时候奥涅金出现了。他遇着她，这一次是他疯狂地爱上了她。他趁着一个机会向她表示他的爱情，她说："奥涅金，那时我还年轻，我想，人比现在还漂亮，而且我又爱你……可是一个乡下姑娘的爱情在奥涅金是一点也不希罕的，他完全不注意她……可是他现在为什么又步步地跟着她呢？为什么他会这样地注意她呢？是不是因为她现在有钱，成了上流社会的人，在宫廷中又受着欢迎呢？……但是在我，那一切的财富，那豪华的宫廷生活，我的一切的成功，我的那些富丽堂皇的房屋与宴会……在我，全是空虚！我宁愿撇弃这讨厌的衣裳，这种假装，这一切的喧嚣与光华，来换取几册旧书，一所荒园，还有我们那所简陋的茅舍，那些我们第一次相会的地方，还有我们村里的墓场，我那可怜的乳母的坟墓旁边有一个十字架和几株荫凉的树木。……在那时候幸福是可以实现的！幸福是那么逼近！……"她含着眼泪请他离开，她最后说："我不能够委身给你！我爱过你，我现在还爱你。然而我现在结了婚，我要遵守我的信誓。"

受她丈夫的牺牲，而和他留在一起，那丈夫知道妻子爱着年轻、热情、浪漫的加利奇，他原谅她，然而到底他患肺病死了。同样赫尔岑在《谁的罪过》里面使那个不幸的丈夫死于酒病。其他如冈查洛夫、屠格涅夫、阿斯特洛夫斯基诸人都在车尔勒雪夫斯基之前企图解决这个问题。这一切的企图都是失败了的，因为没有人敢来提出一个积极的答案。然而这问题是一个社会主义者所不能忽视的。车尔勒雪夫斯基当然要根据他自己的立场来提出一个有力的解决了。

妇女问题在当时的俄国是急待解决的。在尼古拉一世的治下女人从政治的压迫所受到的苦并不少于男子。十二月党人的妻子，就有不少跟着丈夫到西伯利亚去。女人也分担着男人的政治的渴望，一八五〇年塞瓦司托颇尔叛乱中就有三百七十五个女人因参加叛乱被处死刑。一八六一年以来的革命运动更浸透了女性的血和泪。女人的求知识争自由的渴望变成不能够遏止的了，父与女的斗争已经以一个惨痛的姿态现露出来。女子的教育成了迫切的需要，而使政府也不得不在一八五八年开始创办了女子学校。

车尔勒雪夫斯基的《何为》就是在这时期（1863）出现的。他把握住这个现实，由此创造了新妇女的典型，表现了当时年轻女性的渴望，指示了她们应该有的观念，应该走的道路。

这是七十几年前的旧作了。然而这观念，这道路在现今仍然是很新的。所以这本小书的翻译，虽无接受文学遗产的意义，却也自有其独特的使命的。

1936 年 4 月。

关于《死之忏悔》[①]

前年年底伯峰回到上海，和我常常见面，我看见他闲着无事，便介绍了一本书给他翻译。这是日本古田大次郎的狱中记《死之忏悔》，我知道他在东京时就读过了的。他说他也喜欢这书，打算动手翻译两三章试试看，便高兴地把原书拿了去。他不曾爽约。去年五月底他把全部译稿送来了。我答应替他仔细校阅一遍。我以为至迟七月

① 《死之忏悔》：一九三七年八月上海文化生活出版社出版。本篇收入一九三八年九月上海开明书店版《梦与醉》时，改题为《关于〈死之忏悔〉》。

初我就可以把他的译稿交到印刷局去。然而忙碌的生活使我对朋友失了信。我在七月初交出去的，只是一部分的译稿，其余的三分之二就在我的书桌上放了将近一年的光景，直到最近我才能够把它校完。现在这书要出版了，在我也算卸去了一个重负。我自然感到欣慰。这一年来我每天就记挂着这工作，它把我折磨苦了。

我应该告诉读者，伯峰交来的只是一个节译本。其实原书就非全璧。出版之前便经过了检查员的删削。节译的办法还是出于我的提议。原书出版在十一年前，古田的事件发生更早，我们一般异国的读者对当时的情形自然十分隔膜，所以原书中有许多处所我们的读者现在看来颇不易了解，而且感不到兴趣。我以为不如索性把它们删去，倒可以省去读者的一部分时间。不过我读了伯峰的节译本，我对于他那取舍的观点却不能同意，因此在校阅的时候我还做了编辑的工作。我删去了一些地方，又增补了一些地方。删去的约有两三千字；增补的字数至少在三万以上。这时伯峰已不在上海，我只得请了陆少懿来做补译的工作，其中也有几处是我翻译的，但这样的处所并不多。同时我还请少懿把全部译稿对着原文再看一遍。总之古田的狱中记能够以这样的形式在中国出版，除了伯峰而外，我们还应该感谢少懿。

我们知道《死之忏悔》是一个死刑囚的狱中感想录，原稿共三十二册。但这都是死刑确定前所写的。作者自己说只有第三十三册才是“真正的死刑囚的狱中记”，那是判决死刑后的作品。这最后的一册据布施辰治在序文里说当局不许拿到外面去发表。然而它后来终于被领取出来而且秘密出版了。我得到一册，曾读过一遍。书名是《死刑囚的回忆》，但在“一·二八”的沪战中被炮弹打毁了。我没法将它译出附印在这里。这一册的内容和以前的三十二册（即《死之忏悔》）差不多，不过调子略微有点不同。写以前的三十二册时作者已经知道死刑是无可避免的了。他没有挽救的方法。然而判决究竟不曾确定。死虽然就立在他的眼前，但它却不住地在摇晃。希望纵然是极其微弱，却也不曾完全消失。所以那时有疑惑，有挣扎，有呻吟，有眼泪。作者当时还不大认识死的面目。最后临到了写第三十三册，一切都决定了，从此再没有从前那种不安定，从前那种苦苦的挣扎。的确如布施辰治所说确定了舍弃生命以后，心境和态度都是更为沉静，真有超越生死之慨。因此无怪乎有人会以为这一册“真正的死刑囚的狱中记”反不及以前的三十二册中文笔之清丽和表现之沉痛了。

古田大次郎是一个安那其主义者，同时他又自称为一个恐怖主义者。其实安那其主义和恐怖主义是两样东西（许多安那其主义者都不赞成恐怖主义）。而这书可以说是和安那其主义不相干。若把它当作一个恐怖主义者的心理分析的记录看倒很适当。或者把它看作一个纯洁的青年灵魂（或者就说一个人）的最真挚的自白看也无不可。所以加藤一夫读了它，就“觉得我（加藤氏）的灵魂被净化了。我真的由于他的这记录而加深了我对于生活的态度。”这记录在深与真两方面是超过了无数的书册。和它同类的书本我连一册也没有见过。加藤一夫称古田为一个“真诚的，真实的而又充满温情的纯真的灵魂”，这个灵魂的最深而又最真的表白当然会引起无数年轻的灵魂的共鸣，加藤一夫说《死之忏悔》是一本“非宗教的宗教书”也是有原因的。

但这样说并不就是表示在古田的书中所有的观点都是正确的，其实不然。我觉得原书内有一些议论都是值得商讨的。伯峰似乎喜欢议论，他常常不肯将它们割爱。然而我却不得不把它们删去了一部分，以便补入被他割弃而我和少懿都觉得是更有价值的一些篇页，虽然发议论的处所我们也还保留了一些。

我爱《死之忏悔》，我甚至为了这书才发愿去学日文，但是我每次读它，在我的心灵被那么强烈地震撼了以后，我却有一种惋惜的感觉。像古田那样的人不把他的希望寄托在有组织的群众运动上面，却选取了恐怖主义的路，在恐怖主义的境地中去探求真理，终于身死在绞刑台上。这的确是一件很可痛惜的事。

我最近写过一篇谈死的短文，里面也谈到这书，而且和我在前面所说的话还有一点关系，所以把它印在后面作为附录。

1937 年 4 月。

关于《生人妻》[①]

这本集子是应该由世弥自己编好交给我的，她这样答应过我。但是“死亡”阻止她做完她所计划做的一切事情。我没有理由责备她失约。马大哥又远在成都，他遭遇到这个灾祸以后，我就不曾得着他的信息。从别的朋友的来信里，我知道他一时还不能从悲痛的网中挣扎出来。我更不能够在这时候拿整理世弥遗著的事情去增加他的

① 《生人妻》：罗淑著。一九三九年八月上海文化生活出版社出版。本篇收入一九三八年九月上海开明书店版《梦与醉》时，题作《关于〈生人妻〉》。

悲思，虽然我知道世弥有不少的遗稿留在家里，里面也许还有描写盐场生活的中篇。

我认识世弥有七八年了（那时马大哥刚接了她从四川出来预备同路到法国去）。直到一九三四年以后我们才有机会常常见面。但是她很少和我谈起写小说的话。我们都不知道她偷偷地写着短篇。所以我在《生人妻》的原稿上替她写了“罗淑”的笔名交给靳以在《文季月刊》发表时，连靳以也觉得奇怪。《生人妻》发表以后，许多朋友赞美这篇文章，却不知道作者就是他们时常见面的一个熟人。

在《生人妻》以后，我又从世弥那里得到《刘嫂》、《桔子》、《井工》三个短篇。《井工》是她离开上海时交给我的。还有几个未发表的短篇由她自己带回四川去了。她答应回到那边把它们删改后再寄来。可是她并没有寄出。她的来信里只说她身体不好，不能够静下心来工作，要我等待一些时日，于是就来了她的死讯。这就是我等待了多日的结果！

我还能够等待。但是书店负责人却几次来信催索《生人妻》的原稿。我很了解那位负责人的心情。在这种时候我们的生命犹如庭园中花树间的蛛网，随时都会被暴风雨打断，倘使我们不赶快做完一件事情，也许就永无机会做好它。今天还活着谈笑的人明天也许会躺在寂寞的坟场里。飞机在我的头顶上盘旋了三天了。谁能够断定机关枪弹和炸弹明天就不会碰到我的身上？然而我活着的时候，我还是要工作。我愿意趁这个时机，多做完一件事情。所以我就这样草率地将《生人妻》编成了。倘使这草率的工作使得在另一个世界里的世弥感到不满，那么还望她原谅我。

1938 年 4 月在广州。

纪念一个友人[①]

我想不到我会来写这样的文章，记忆逼着我写。记忆使我痛苦。甚至在这样一个个人命运和民族命运紧密地联系在一起的时代中，我还受着个人情感的熬煎。我不说我们民族的损失，固然世弥（即罗淑）是中国的一个优秀的女儿；我不说我们文坛的损失，固然世弥的作品显示了她未来的光辉的成就；因为在侵略者铁蹄的践踏下，

---

① 本篇最初发表于一九三八年六月五日《文丛》第二卷第二号。发表时题为《纪念一个友人》，一九四七年收入《怀念》集时曾改题为《纪念友人世弥》。

许多青年有为的生命，许多优秀卓绝的文学才能已经变成了白骨黑灰。为了一个民族的独立和生存，这样的牺牲并不算是昂贵的代价。许多人默默地死去，许多人默默地哀悼他们的死者，没有谁出来发一声不平的怨言。我也没有权利把我个人的悲痛提出来加在这许多人的悲痛上面，促他们多回顾“过去”，给他们多添一分苦恼。他们需要的是“遗忘”，要忘记过去的一切，要忘记灾祸与悲痛，像堂·吉诃德那样地投身到神圣的抗战中去。

然而我不能够制止个人的悲痛，我无法补偿个人的损失。这一个友人的死给我留下的空虚，到现在还不曾得到填补。记忆逼着我写，悲痛逼着我写，为了我自己，为了我的一些朋友，我要写下这篇关于世弥的文章。

世弥是一个平凡的人，甚至在她的外貌上，人也看不出锋芒。她写过文章，但她的文笔并不华丽，那里面有的是一种真实、朴素的美。她不喜欢表显自己，她写文章也不愿意让朋友们知道。

她把她的热情隐藏在温厚的外表下。许多人说她是一个贤妻良母型的女性，却少有人知道她是社会革命的斗士。在我们这些友人中间，有时因为意见的分歧会损害友情，个人的成见妨害到事业的发展，然而她把我们（至少是我们中间的一部分人）团结在一起。她的客厅仿佛成了我们的会所。但我们并不同时去找她，我们个别地去，常常怀着疑难和苦恼去求助于她。她像长姊似地给我们解决问题，使我们得到安慰和鼓舞。她的考虑十分周到，她的话语简单而有力量，我们都相信她，敬爱她。

她有一种吸引力把许多朋友拉到她的身边，而且使他们互相接近、了解。一个朝鲜朋友被日本人追缉得厉害的时候，他到上海来总是由她和她的丈夫款待，他就住在他们家里，或者她替他转信。那个朋友也是我的友人。艰苦的环境使他的头发在几个月内完全变成了白色，但是他的精神并没有衰老。有一次我受了一个朋友的嘱托从日本海军陆战队布岗警戒下的虹口带了一支手枪、一百颗子弹和一包抗日文件到她的家里寄存。她毫不迟疑地收下了我提去的那口箱子，让那些东西在她的家里放了一年，到她离开上海时才让另一个朋友拿去。这些事倘使她活着，她一定不让我说出来，而我也不便写。但是如今她和我已经成了两个世界的人。我不曾当着她的面说一句感激的话，我知道这会使她不高兴。然而这时候思念刺痛我的心，我愿意让人知道我们从她那里得过的恩惠。要是这触犯了她，她也会原谅她的朋友，因为这是最后的一次了。

我不敢想，有时候我甚至不能相信世弥的死讯是真实的。去年九月八日上海西车站的分别仿佛还是昨天的事。上海沦陷后她和宗融打过急电来探问我的安全，又屡次写信劝我离开“孤岛”。我答应今年到他们那里去。如今我失了约，而她也不能活着来责备我了。

这三四年来，我在生活里、事业上遇到各种麻烦，我缺乏忍耐，不能从容地应付一切，常常让自己沉溺在苦恼中间。朋友不宽恕我，敌人不放松我。我不能严格地改正错误，我反而让自己陷在绝望的心境中。好几次我带着气愤到她那里倾诉，她仔细地开导我，安慰我，甚至指责我的缺点。她知道我的弱点、我的苦恼和我的渴望。但是她绝不姑息她的友人。我是在朋友们的督责下成长起来的。她便是那许多朋友中间给了我帮助最大的一位。但是如今我不知不觉间失掉了这样一位友人，我的悲痛太大了。

我唠唠叨叨地叙说我个人的损失，我太自私了。我们许多人中间失去这一个连锁，那损失比我个人的更大。而且就个人的悲痛来说，我们大家热爱的马大哥，我认识他在他和世弥结婚以前，我知道世弥在他的生活里、情感上占着什么样的位置，我知道世弥是他的一个怎样的不可分离的生活与工作的伴侣。他们九年来始终没有分离过。如今一只残酷的魔手把她抓了去，永远不放回来。留下他一个人带着那个聪明可爱的小弥和一个新生的孩子（那个男孩是她用自己的生命换来的），在那间空阔的屋子里，八岁的小弥天天嚷着要

“妈妈”，新生的孩子又无知地啼哭等着人喂奶。做一个这样的父亲，不知道要花费多少的心血。对于在书堆里过惯生活的马大哥，我简直不敢想象他的悲痛。我不能够安慰他，因为他的灾祸太大了。但是我想借用意大利爱国者马志尼劝赫尔岑的话来劝他：

勇敢些，你要抑制悲痛，不要叫你的精神破碎。我常常以为我们亲爱的人的死会使我们变成更好的人，你的义务是去做一切她所喜欢的事而不去做任何她所反对的事。……

现在正是这个时候了。

别了，我永不能忘记的友人，我不再用言词哀悼你。我知道你不喜欢我这样做。你不愿意在这样的年纪早早地死去，你更不会愿意在你渴望了几年的抗战的烽火燃烧的时候寂寞地闭上眼睛。但是你已经尽了你的职责了。你留下了这么深的敬爱在我们中间。我们失去了你这样一个连锁，可是我们已经坚实地团结起来。你的手所放下的火炬，也将由我们接过来高高地举起。我们会把它举得更高，使你的和我们的理想早日实现，我知道那会是你最快活的时候。到了那一天，你会活起来，活在我们的心里，活在我们的理想里。

1938 年 4 月在广州。

春月之死[①]

石川三四郎

对于我们死是未知的世界。未经验死的我们没有谈死的资格。只有在到死的进行里才能看见死的庄严。这并不是死的问题，却不外是使死如何不朽的问题。

“未知生，焉知死”，古人这样地说过。然而

① 本文及后一篇《忆春月》最初发表于一九三六年八月一日《文季月刊》第一卷第三期。

春月（1892—1930）：生田春月，日本作家。著有诗集、长篇小说、文学评论集等多种；一九三〇年日本新潮社曾出版《生田春月全集》十卷。

知道生的人也未必就了解死。在我们看来，生与死并不是同一的东西。我们留恋生，而恐怖死。就因为这个缘故死才格外使人激动。

我并不必来区别自然死与人为死，也不必来问自杀与他杀。问题只在死是否生之最高点。一直到最后都是正当地生活着的人之死当然是美的。因为死是生之完成。生如是正当，则死也就是诗。

不义与丑恶充满天下之时，则正义与善美起而叛逆。有像不食周粟的伯夷、叔齐那样的消极的人，然而也是彻底的叛逆者。暴力统一天下之时，连饿死也是伟大的叛逆。当一般的人（尤其是应当以美为生命的诗人）成了俗恶的时代精神之奴隶，和统治阶级之卑下的帮闲的时候，那些怀着诗魂不肯与世同流合污的人便不得不叛时代而与万人为敌。对于以诗为生命的人，死也是一种不得已的自己完成。

“如果只是美丽地破碎，像你这样的诗人和梦之王者，你在这个龌龊的世界上最不适宜的，为了你那种梦与愿望的热烈，让自己的魂年轻的破碎罢，”春月这样地歌唱着。

我们的难得的同志，而且身为近代日本的巨匠之一人得着我们深的尊敬的诗人春月，这样地遂了秋日夕阳似的壮烈的最后。“飞燕般轻快地，落花般悲怆地，要这样地生，要这样地死，”自己如斯歌唱了的春月不得像飞燕般轻快地生，然而他的死却成为更其痛烈的了。

死是可悲的。尤其是在被遗留着的亲近的人看来，再没有比这还可悲的事。然而诗人春月之死决非空的死灭。这不如说是最后的大创作。我们今日的生活是地下劳作的生活，同样春月的真正生活也是更隐秘的地下生活。他的真精神要见日光还是这以后的事。我们应当把这个年轻的巨匠遗留下来纯洁的诗魂在辉耀的太阳下礼赞。我们应该使那时候早一天到来。

我称春月为巨匠。他不仅是一个非常用功的人，爱读书而见识广博的人，而且在他的文学者生活之真挚与诗人才能之丰富这两点上，他可以算是近代日本最伟大人物中的一个。

他待人很殷勤而温厚，他的内心所怀抱的魂闪耀着秋霜烈日似的精气与光亮。他给我的遗书中说要我原谅他的软弱，但这不就是他的意志的坚强之表现么？他始终保守着诗人的最高的纯洁。对于燃着年轻的热情的他，这二十年来苦斗的文学生活一定是世人到底想象不到的光荣的。在这为不义与陋习所支配的今日之世，他为了完成其高洁的生涯而选取了死，这决不是因为“软弱”。

生田君自杀前四五日我和他同到同志宫岛资夫[①]的家去。是因为听了志士之典型似的宫岛君出家的消息而去的。然而宫岛君已经去了京都，我们不能够和他晤谈，觉得可惜。在生活真挚与叛逆俗流这两点上面，宫岛、生田两君是同道的，为叛逆者而欲固守纯洁的两个优秀的文艺家，一自杀，一出家。这事实当然给了我们以痛烈的印象。

---

① 宫岛资夫：日本的前进小说家，作品有长篇小说《金》等。

附生田春月给作者的告别信

终于不得不和先生告别了。承你那么亲切地勉励我，终于辜负了你的期待，这是可悲的事。然而我已经没有了生活的力量。自己身为同志之一人，虽然力量微薄，却也想做一点事情，但结果一点事也不能做，为了自己的无力，不得不去死了。请你原谅我的软弱。百合子①君处请代问好，敬祝先生的工作与 *Dynamique*② 成功。

生田春月　五月十九日在大阪

《地人论》③ 的介绍早就打算写了，不过因为日期提早，便不能写了，很是遗憾。

---

① 望月百合子，石川君的养女。

② *Dynamique*：石川君办的小刊物。

③ 《地人论》：即爱利则·邵可侣的名著《人与地》，石川君译作《地人论》，只出了第一卷。

忆春月

石川三四郎

春月逝世，转瞬就到了一周年。真是非常迅速。回顾那比梦还无常的逝去了的一年，我不得不呆然了。悠悠的春月在我们之前，在久远的光明之中，还奏着无音的静静的歌罢，然而在我们这种仓皇的生活里不能够听见这歌声就过去了。

春月逝世以后三百六十五日，诗人春月之姿越发成为伟大而继续成长了。

月夜，在清辉之下，

磨光滑的象牙，
做成长的手，
做成圆的脚，

注入露，
注入雪。
在漆黑的暗夜，
刻黑耀石，
做成瞳，
做胡发，
注入梦，
注入泪。

中午，在透光镜下面，
伐火红色的珊瑚，
做成唇，
做成心，
注入血，
注入爱。

把我所有的一切全献上，
掬我的思想，掬我的愿望，
造成魂之家，
如今，身是空了，
变成风，
变成翼。①

他在宇宙无限之中雕刻了的美之殿堂，魂之家，不，诗人春月自己之姿这样地现于我们之前，如明丽天日之灿烂，如飒飒朝风之清爽。

作为单纯的人来说，春月可评议的地方也不少。他有许多苦闷。尤其是寂寞的恋之苦闷。而且他更以轻视恋爱而自负。为琐碎细腻的人情所羁绊住的他却保持利剑一般的峻烈的自己的尖锐。在理论上他是虚无主义者，而他的心底却涨着难冷厌的热血。他投身于有着种种方向的这样的激流之漩涡中而苦恼着。因此他很着急。在他，要

① 这是生田春月的诗，题为《魂之家》，收在《象征之乌贼》内。

平安经过这激流，并不是容易的事情，一定需要着努力与环境之激变。我如果三十六岁时不曾得到从日本脱走的机会，或者我已经负担了像春月的这样的运命也未可知。现在我想象春月晚年的心境而深有所悟的时候，不觉自己惊惧起来。

他找不到人生之中飞跃的机会，就断然选取了超人生的飞跃。因此作为革命家的他的生活就不能够被看到了，这事情是我们的不能补偿的大损失。然而作为诗人的春月的伟大的丰姿却无碍地大放着光明。尤其是他最后给我们遗留下来的《象征之乌贼》一卷诗稿，我相信通过明治、大正、昭和三朝都还没有与它匹敌的作品。

得把这样伟大的作品遗留给后世的他，是在美一方面，在诗一方面悲怜着我们这个贫弱寂寞的国度罢。

诗人春月的光明会经世变越时代而愈加丽朗，愈加炽烈的。

一九三一年于病榻

前面两篇纪念日本诗人生田春月的文章从石川三四郎的散文集《不尽想望》中译出。这两篇都在石川君的小刊物 *Dynamique* 上发表过。这次重读，我很受感动，就把它们译了出来。生田春月与一九三〇年五月十九日投濑户内海自杀。他自杀的原因在他投海前几点钟写给石川君的信中便说得很清楚。石川君是日本的社会学者。他的思想之透彻，生活态度之真挚，人格之完美，在日本是少有人能够比得上的。他的作品中，《西洋社会运动史》是一千页以上的巨著，据说是属稿三次，一次毁于火，一次失于盗，而终于完成了的。那是一册热情满溢而内容充实的著作。他的散文很朴素，却自有其可爱之点，在中国还不曾被人译过。我现在译完这两篇短文，想到那位不能在群众中间活动，被迫着在东京近郊田舍里教法文、种菜蔬过活的老人，不禁起了感激与崇敬的怀念。这两篇都是充满着反抗情绪的、愤激的文章，读者若看作提倡出世或自杀一类的消极思想，那便是错误了。

译　者　一九三六年七月二日

一个英雄的葬仪

H. E. 加闵斯基

在中午我就得到杜鲁底的死讯，到了晚上这个消息给我证实了。但是报纸却不得不把它留在明天才发表，因为官厅方面害怕这个消息会激起民众的骚扰，而产生恐怖主义的行动。

我保守着这样的一个秘密，我知道要是将它泄露，一定会把一个大城市甚至西班牙全国都震动起来的，所以我怀着一种异样的感情，我是十分激动。我忍不住把这秘密透露了给几个可靠的人，我希望知道他们会有什么样的反响。所有的人，甚至安那其主义色彩最淡的，也都是脸色立刻变成苍白了。我从他们的眼睛里看出了痛苦的表情。

布埃那文土拉·杜鲁底是西班牙革命的英雄，革命的活的象征，而且还是这个自发的民众运动中出来的最强健的人格。他还不到四十岁，然而他的一生就已经成了一个传说，人们常常引用他说的话。他的意志比一切的决议都更易为人遵守。人们爱他，尊敬他，但也惧怕他。但是他的权威并不是从阶级地位的优越而来的，这来自信赖，来自鼓舞激励着一个真实的人的那种信赖。

杜鲁底和大部分加泰鲁尼亚的革命领袖一样，并不是加泰鲁尼亚人。他生在勒翁，年纪还很轻，便到巴塞洛那去谋生。革命爆发的时候，他的母亲还在勒翁。法西斯蒂捉不到儿子，便杀害了母亲。

在他的故乡的时候，这个孩子总是赤脚走路，为着怕踏死蚂蚁。在巴塞洛那他就变成了一个安那其主义者。他同时是演说家、著作家、恐怖主义者、组织家……他永远活动着，时时被逮捕、受审讯，他在监牢中度过不少的光阴。……他两次被判处死刑，无论在西班牙、阿根廷、法兰西、比利时、德意志，他总是被警吏追缉着，而且一旦落在他们的手中，就遇着从一国的法庭被引渡到另一国的法庭的危险。然而他并不是一个职业的革命家，他是一个工人。虽然他时时被监禁，但是只要他恢复了自由，他就到工厂里去作工。他组织了沙拉各萨的大罢工，这罢工一共支持了三十三天，是西班牙历史上最大的罢工，他又是巴黎安那其主义书店的创办人之一。他会用笔，也会用枪，同时还是一个富有魅力的演说家。

七月十九日叛乱发生时，他刚刚割治了疝气，身体还未复原，但是他拿起枪和同志们一起去进攻阿塔拉柴那兵营，他的友人阿斯加索就在他的身边阵亡。过后他便做了由巴塞洛那开拔阿拉贡前线的第一个纵队的领袖。

法西斯蒂进攻马德里时，同志们要他到马德里去，他自己不大愿意离开沙拉各萨，因为他当时围攻沙拉各萨，觉得很有克复该城的把握，但是他终于去了，就在马德里一颗子弹打进了他的心，他当场殒命。

夜已深，尸首到了巴塞洛那。这天落了一天的雨，伴送的车上溅满着水泥，覆盖在柩车上面的红黑二色旗也染污了。

在C. N. T. ——F. A. I. 的会所（在这次革命以前这是雇主联合会的会所）里，人们从头一天起就忙碌着把厅堂布置成一个礼堂。现在一切都布置好了，装饰是简单的，没有一点美术的精致。墙上挂着红黑二色的布幔，灵帏也是红黑二色，还有几只烛台，一些鲜花和花圈，此外再没有别的东西。瞻仰遗容的群众都由两道侧门进出，在那两道侧门上张贴着指示入口和出口的两张大布告，而且依着西班牙的习惯，在“入口”和“出口”上面还加写着“杜鲁底允许的”字样。

一些志愿兵拿着枪围了棺柩台立着。伴送灵柩从马德里来的杜鲁底纵队的人把灵柩抬了进来。

没有人想起去把大门打开，抬灵柩的人不得不从小门走进，那里已经站满了人，所以他们费了大力才挤开一条路。厅堂的露台上没有什么装饰，许多人在那边望着，好像有一个奇怪的景象一般。有人在抽烟，有些人把头上的便帽揭下来，有些人仍旧戴着帽子。所有的人都叫起来。从前线归来的志愿兵受到他们的亲友的拥抱，守卫的人不时叫那些向前移动的人退回原处，这动作也产生了一阵喧哗。司仪的人高声唱礼。有人跌在花圈上面，一个抬棺的人小心地点燃了他的烟管。灵柩上的罩布被揭起来，杜鲁底出现了，没有玻璃棺盖，他睡在白绸子上面，头上缠着一条白项巾，他好像是一个阿剌伯人。

这个场面同时是悲痛的和壮丽的。哥雅①应该把它绘出来，它应该在哥雅的作品里面占一个位置。我照我所看见的真实地描写着，因为我相信它可以使人瞥见西班牙灵魂的深处。在这个国

① 哥雅（Francisco de Goya Lucientes，1746—1828）：西班牙画家。

度里死并不是一个可怕的骷髅，也不是一个手执火炬的漂亮的青年。它可以说是一个好朋友、一个和人一起在工厂里田地上劳作的同伴，他来的时候人们也不惊奇。人爱他的朋友，但并不去烦扰“他”，他们让“他”随意地自由来去。

杜鲁底是他的朋友们的好友。他成了全民众崇拜的英雄，他被民众真挚地热爱着，在这最后的一刻，所有到场的人都感到深的悲痛，然而哭泣的人除了他的妻子（一个法国女人）外就只有一个老太婆，她是这里的女佣，C. N. T. ——F. A. I. 未搬进来，这里还是雇主委员会的会所时，她就在这里服务了，而且她根本没有见过杜鲁底。别的人把他的死看作一个不能补偿的可怕的损失，然而他们的情感并不受着严肃的拘束。要他们静默、不抽烟、脱帽，在他们看来，就和要他们画十字架符号一样地不合理。

千千万万的人去到杜鲁底的面前，整夜就没有停止。他们排列成长行等在雨天下面。他们的朋友和领袖已经死了。……

葬仪在第二天早晨举行。那颗杀死杜鲁底的子弹简直打进了巴塞洛那的心，这是可以看出来的。在这天巴塞洛那的居民中间至少有四分、五分之一跟随在杜鲁底的灵柩后面，还不用说街旁的群众和站在窗前、站在屋顶上，甚至站在项布拉大街的树上的无数的人。各党各派工团的会员都集合了来参加送殡，各种反法西斯蒂团体的旗帜夹杂在安那其主义者的红黑旗中间，而飘扬在人海之上。这是伟大的、壮丽的、奇特的景象，这样大的群众并没有人来指挥，没有组织，也没有秩序。

下葬的时刻是上午十点钟。但在这以前一小时，C. N. T. ——F. A. I. 的会所就已经拥挤不堪了。也没有人想到净街，以便送葬行列通过。一队一队的工人从四面八方走来，拥挤在一起，把街道都阻塞了。预定在灵柩前面开路的骑兵和机械化部队也被拦住了。到处都是装花圈的车子，它们不能前进，又不能后退。好容易人们才把自治政府的阁员们引到灵柩前面。

到了十点半钟，杜鲁底被红黑旗覆盖着，由他的纵队的志愿兵抬在肩上离开了安那其主义者的会所。群众高高举起拳头作最后的敬礼，有人唱起了安那其主义的歌曲《老百姓》。这是一个很动人的时候。然而由于疏忽，人们误叫了两个乐队来，一个乐队奏着极高音，另一个又用着弱音器，他们的调子永远和不起来。机器脚踏车的声音很喧闹，汽车声也嘈杂着，志愿兵的领袖们吹着哨子发信号，抬灵柩的人不能够前进一步，送葬的行列一时排列不起来。乐队又奏起乐，一次，两次，还奏了好几次，都是同样的调子，这两个乐队仍旧不顾彼此地奏下去，声音混杂着，成了一曲没有旋律的音乐。拳头永远高高举着，后来音乐和敬礼终于停止了。然而嘈杂的人声依旧可以听见，在这个大的群众中间杜鲁底静静地安息在他的同志们的肩头。

至少有半个钟头过去了，街道仍还阻塞着，送葬的行列不能够向前移动。这里离加泰隆广场不过几百米突光景，但是过了好几个钟头，行列才达到那个地方。每个骑兵独自找路前进，被挤散了的乐师再想集合起来。被阻拦住的车子便向后退，装花圈的车子由横街通过，想在行列中找寻一个位置，所有的人都叫着吼着。

不，这并不是皇族的葬仪，这是民众的葬仪。没有一件事是预先安排好的，一切都是临时自然发动的。这是安那其主义者的葬仪，这种葬仪的庄严就在这里！有些地方有点古怪，但它们永远是庄严伟大的，有一种奇特而悲哀的伟大。

在哥伦布纪念碑石座下，离杜鲁底的好友阿斯加索七月十九日战死的地方不远，人们开始了葬仪的演说。

阿利威尔是三个同伴中间唯一的生存者，他以死者的友人、安那其主义者和西班牙共和国司法部长的资格说话。他说："在这个悲痛的时刻，革命政府向杜鲁底及别的一切在抵抗法西斯蒂侵略的战争中死难的同志致敬。我们向他的妻子致敬，同时向那无数的死了亲爱的人的妇女致敬。我们亲切地拥抱着杜鲁底的女儿，她在这一刻代表着一切失去了父亲的西班牙儿童。我们向所有在前线苦战以争取最后胜利的同志致敬。”

接着是苏俄领事演说。他在演说的结尾用加泰鲁尼亚省方言高叫：“打倒法西主义!”，自治政府的主席刚巴尼斯最后说话。他用“前进！前进!”的叫声作他的演说的收场。

本来预定着演说完毕后，送葬的群众便自行散去，只留少数友人伴送灵柩到墓场。然而这时候不能按照预定的日程办理了。群众不肯走开，他们已经占据了墓场，他们还阻塞了那条通到坟墓去的路，而且到墓场去的几条小路也全被花圈堆塞了，一共有千万个花圈。

夜色降临了。天又下起雨来。雨滴不久就成了大的水流，墓地变成一个泥沼，许多花在那里漂浮。人最后才决定延迟葬期，抬棺者在墓前绕了半圈，才把灵柩抬到殡舍去。

到第二天杜鲁底才被安葬。人们要建造一个陵墓来作他和阿斯加索两人的永久安息地。对于哀悼他们的英雄而不流泪，尊敬他们的英雄而没有一点我们所谓的悲悼的感情的西班牙民众，那地方将成为景仰者参谒的圣地了。